AF375782

A. HOVELACQUE

LE

CHIEN DANS L'AVESTA

LES SOINS QUI LUI SONT DUS. — SON ÉLOGE.

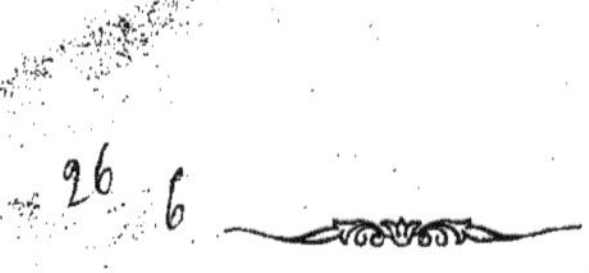

PARIS

MAISONNEUVE ET Cⁱᵉ, LIBRAIRES-ÉDITEURS

25, QUAI VOLTAIRE, 25

1876

A. HOVELACQUE

LE
CHIEN DANS L'AVESTA

LES SOINS QUI LUI SONT DUS. — SON ÉLOGE.

PARIS

MAISONNEUVE ET Cⁱᵉ, LIBRAIRES-ÉDITEURS

25, QUAI VOLTAIRE, 25

1876

LE CHIEN DANS L'AVESTA

LES SOINS QUI LUI SONT DUS. — SON ÉLOGE.

On a beaucoup écrit sur l'Avesta, sur son enseignement, sur ses doctrines cosmogoniques et théologiques, sur sa morale. L'Avesta, en effet, est une mine fort riche. Eugène Burnouf a fixé définitivement les procédés du déchiffrement et de l'interprétation de ce texte vénérable, et M. Spiegel, après lui, s'appuyant sur la tradition du moyen âge, a publié une version complète qui, toute imparfaite qu'elle puisse être en plus d'un passage, n'en a pas moins rendu un service capital aux études éraniennes.

Un des principaux mérites de cette traduction, c'est qu'elle permet d'embrasser dans son ensemble et d'un coup d'œil général tout ce que l'on connaît des plus anciens écrits de la doctrine zoroastrienne. Libre à chacun, ensuite, de rectifier cette version elle-même là où elle peut ne point reproduire fidèlement la signification du texte. Il est vraisemblable, en tous cas, que ces corrections ne seront jamais que des corrections de détail, des corrections d'un ordre particulier. Nous ne parlons pas ici de la partie rhythmée de la fin du Yaçna, de ces obscurs « Gâthâs » sur lesquels on s'est tant exercé et sur lesquels sans doute on s'exercera en vain bien longtemps encore. Notre opinion première sur l'interprétation des « Gâthâs » se fortifie de jour en jour ; elle se confirme d'autant plus que nous examinons de plus près les différents travaux dont ces cantiques ont été l'objet : si l'on ne découvre pas quelque texte ancien qui puisse aider à les comprendre, ils demeureront selon toute vraisemblance un livre à jamais fermé.

Mais, comme nous le disions tout à l'heure, il n'en est point de même des autres fragments zoroastriens qui nous sont parvenus. Il est permis d'espérer que l'on ne s'y heurtera plus, bientôt, qu'à des difficultés peu importantes et même peu nombreuses. L'ensemble du texte, disions-nous également, est assez clair, assez bien conçu pour que l'on y puise, çà et là, le sujet de monographies plus ou moins considérables. Nous avons rassemblé autrefois les passages principaux qui concernaient la morale zoroastrienne, telle que l'Avesta l'avait conçue et exposée ; aujourd'hui nous nous proposons d'aborder un sujet moins général et qui n'est nullement philosophique, l'éloge du chien dans le saint livre du Vendidad et l'examen des soins prescrits aux anciens Mazdéens à l'encontre de ce bon et fidèle serviteur.

I

L'Avesta contient des détails assez précis sur les cérémonies funèbres des Mazdéens et sur le mode d'ensevelissement qui leur est prescrit. Au troisième chapitre du Vendidad, Zarathustra demande à Ahura Mazdâ quels sont les principaux bienfaits qu'il soit possible d'exercer envers la terre. Le dieu répond à Zarathustra que la terre est heureuse avant tout lorsque s'élève sur son sein la demeure d'un homme pur ; Zarathustra poursuit ses demandes, et à l'une d'elles Ahura Mazdâ répond qu'une des félicités de la terre c'est la fouille, le bouleversement des lieux où ont été enterrés des *chiens et des hommes morts*. Plus loin, dans le même chapitre, le saint questionne le dieu au sujet des peines méritées par les individus qui, après avoir enterré *des chiens morts et des hommes morts*, passent une demi-année, une année entière, deux années, sans fouiller leur sépulture. Au huitième chapitre du même livre, Ahura Mazdâ est interrogé sur les cérémonies qu'il convient d'observer lorsqu'*un chien ou un homme* vient à mourir en plein air et non plus dans sa demeure, et sur le mode de purification des gens qui ont porté à la fosse le cadavre *d'un chien ou d'un homme*. Zarathustra, au cinquième chapitre, questionne de même Ahura Mazdâ sur les cas d'impureté produits par le contact du cadavre d'un *homme*, et aussitôt après il le questionne sur les cas d'impureté produite par le contact d'un *chien*. Ce n'est point seulement dans ces quatre ou cinq passages que le texte saint rapproche ainsi l'un de l'autre l'homme et le chien, et semble les placer en dehors de toutes les autres créatures ; mais il serait superflu de faire ici le relevé de tous ces fragments. Au premier livre de ses *Histoires*, Hérodote remarque que les mages avaient un respect particulier de la vie des hommes et de celle des chiens : Οἱ δὲ μὴ Μάγοι αὐτοχειρίῃ πάντα πλὴν κυνὸς καὶ ἀνθρώπου κτείνουσι, « Magi vero omnia manu sua occidunt, excepto cane atque homine. » (Clio, 140.)

Ce respect que les Mazdéens professaient pour le chien avait-il un motif spécial ; était-il le souvenir d'anciens événements, d'anciennes croyances dont on pouvait bien

avoir perdu déjà le véritable sens, c'est ce que nous ne
pouvons assurer. Faut-il simplement en voir la cause
dans la reconnaissance à laquelle le chien devait avoir si
juste titre pour ses bons offices, dans une société où la
vie de campagne, la culture de la terre, l'élevage du
bétail jouaient un rôle si considérable? Peut-être les
deux opinions ont-elles ici, comme bien souvent, leur
raison d'être l'une et l'autre. Quoi qu'il en soit, le fait est
là : il est singulier, il peut paraître étrange, mais il existe.

Nous nous proposons d'examiner ici deux fragments du
texte de l'Avesta consacrés l'un et l'autre à ce cher com-
pagnon. L'un de ces fragments appartient au treizième
chapitre du Vendidad, l'autre au quinziéme ; dans tous
les deux il est question de soins généraux et particuliers
qu'il faut donner au chien ; dans l'un d'eux se trouve en
outre un bien curieux éloge du chien, placé dans la
bouche même d'Ahura Mazdâ.

II

Voyons tout d'abord quel est en zend le nom du chien.

Voici sous quelles formes ce nom nous a été conservé
dans les textes de l'Avesta qui nous sont parvenus :

	Singulier.	Duel.	Pluriel.
NOMINATIF.	çpâ	çpâna	çpânaç[ča]
			çpâna
			çûnô
ACCUSATIF.	çpânem		çpânaç[ča]
			çpânô
DATIF.	çûnê		
GÉNITIF.	çûnô		çûnûm

Ces différentes formes se rattachent à deux thèmes différents qui proviennent d'ailleurs l'un et l'autre du même thème organique « kvan- ». Dans la forme thématique *çpân-* (*çpâ, çpânem*, etc.), nous avons deux choses à remarquer. En premier lieu l'allongement de la voyelle radicale ; cet allongement appartient également au sanskrit qui dit à l'accusatif singulier *çvânam*, au nominatif pluriel *çvânas*, mais il n'y a point de doute que ce ne soit un phénomène tout à fait secondaire. Dans son vocatif *çvan* le sanskrit a conservé la voyelle brève ancienne, tout comme le vocatif grec κύον. Un second fait digne d'observation est le changement du groupe organique « kv » représenté en zend par le groupe *çp*. De *ç* pour « k » nous ne dirons rien : cette équivalence est bien connue, et le sanskrit nous la présente, lui aussi, dans l'exemple en question. Quant au changement de « v » en *p*, son explication est peut-être encore à découvrir, mais sa fréquence est indiscutable : le zend dit, par exemple, *açpa-*, cheval, *viçpa-*, tout, *çpaëta-*, blanc, tandis que le sanskrit dit *açva-*, *viçva-*, *çvéta-*, le grec ἵππο- et ἵκκο-, le latin *equo-*, etc. Le second thème a pour forme *çûn-* (*çûnê, çûnô*, etc.) : ici également la voyelle radicale a été allongée par la suite des temps ; le sanskrit possède le thème *çun-*, avec voyelle brève, à l'instrumental singulier *çuná*, à l'accusatif pluriel *çunas*. Dans le grec κύνα, κυνός, κυνί, κύνες, etc., la voyelle est également brève. Le phénomène qui s'est passé ici est la condensation du groupe primitif « va » en *u ;* ainsi le génitif remonte à une forme plus ancienne « kunas » qu'a précédée elle-même une forme « kvanas » plus ancienne encore.

De la terminaison *ô* du gémitif singulier *çŭnô* et de l'accusatif pluriel *çpânô* nous n'avons à dire qu'une seule chose : c'est qu'elle tient lieu régulièrement, et selon les principes ordinaires de l'euphonie zende, d'une ancienne désinence « as ». Cette forme *çpânô* répond exactement au sanskrit *çŭnas,* au grec κύνας et remonte comme eux à une ancienne forme « kvanas ».

Nous pouvons, après ces observations préliminaires, aborder maintenant l'examen des deux fragments auxquels cette étude se trouve consacrée.

III

Le quinzième chapitre du Vendidad semble manquer d'unité, comme bien d'autres chapitres de ce même livre et des autres livres de l'Avesta. Il commence par énumérer cinq fautes capitales, s'étend ensuite sur les soins que l'on doit donner à l'enfant né hors mariage, puis s'occupe de ceux que réclament la chienne qui va mettre bas et les petits auxquels elle a donné le jour.

Au début du chapitre, Zarathustra interroge Ahura Mazdâ. Voici les trois premiers versets :

ćaiti tá skyaothna varsta yâ añhus açtvā̊ verezyêiti | phraéta apatita anuzvarsta | añhaṭ haća skyaothnâvareza atha bavainti peṣô tanva.

Le premier mot, *ćaiti* « combien », répond au sanskrit *kati,* au latin *quot.* Le nominatif pluriel *tá skyaothna* « ces actes », n'offre point de difficulté. Quant à *varsta,* participe passé de *verezyâmi* « je fais », il signifie « fait, accompli », et se rapporte au mot précédent ; le sens est donc

celui-ci : « Combien y a-t-il d'actes, combien y a-t-il de
faits... ». M. Spiegel traduit *skyaothna varsta* par « bege-
hungssünden », c'est-à-dire « péchés par action », et
M. Justi, dans son dictionnaire, adopte cette traduction ;
elle est juste, sans doute, à s'en rapporter au sens général
du morceau; mais en fait, elle ne traduit pas purement et
simplement le texte qui, jusqu'à présent, ne dit que ceci :
« Combien y a-t-il d'actes... ». Le fragment suivant n'offre
pas plus de difficulté : « Combien y a-t-il d'actes que le
monde corporel effectue ». Le « monde corporel », *aṅhus
açtvā̃*, opposé au monde invisible; l'auteur veut dire en
somme : « Combien les hommes commettent-ils d'actes... ».

Dans le second verset, nous trouvons trois qualificatifs
du mot « actes » qui se trouve au verset précédent :
phraêta « accomplis » ; *apatita* « non regrettés, dont on
n'a point fait pénitence » ; *anuzvarsta* « non expiés », et
le sens général est celui-ci : « Combien en ce monde corporel peut-on commettre d'actes qui, une fois accomplis,
et lorsqu'on n'en a point fait pénitence et qu'on ne les a
point expiés... ». Les mots *phraêta* et *apatita* sont des
composés du verbe *i* « aller » et des prépositions *phra* et
paiti; le second de ces mots est formé de la particule
privative *a* et du composé *paitita-* ou *patita-* (1). Quant
au troisième terme, il est formé du négatif *an* et de *uzva-
rsta-*, participe passé de *uzverezyêiti* « il expie » qui, lui-
même, est un composé de la préposition *uç, uz* et de
varez « accomplir ».

Troisième verset : « En suite de quoi, pécheurs, ils
deviennent dès lors *peśôtanus* »; ou bien encore : « En

(1) Spiegel, *Commentar über das Avesta*, t. II, p. XXIX.

suite de quoi on devient pécheur et *pesôtanu* ». Point
d'hésitation au sujet des deux premiers mots, *aṅhaṭ haća :*
« en suite de quoi, après quoi » ; mais pourquoi l'ablatif
féminin *aṅhaṭ* plutôt que le neutre *ahmâṭ ?* En fait, *skyao-
thnâvareza-* signifie seulement « individu accomplissant un
acte », et ce n'est que par extension qu'il prend le sens
péjoratif. Quant au dernier mot, *pesôtanva*, dont le thème
est *pesôtanu-*, c'est une de ces expressions qu'il vaut.encore
mieux donner telles quelles dans une version de l'Avesta,
que de les traduire par un mot ou par une périphrase
dont l'exactitude ne serait rien moins que certaine. Dans
le premier volume de son Commentaire, M. Spiegel a
étudié ce mot d'aussi près que possible (1) ; M. Frédéric
Müller (2) et M. Haug (3) l'ont également examiné, mais
leurs recherches n'ont abouti qu'à des conjectures plus
ou moins vraisemblables, plus ou moins probables. Jusqu'à plus ample et plus sûre information, nous laisserons
donc dans nos traductions le mot *pesôtanu,* sans nous in-
quiéter de lui trouver un équivalent.

Ahura Mazdâ répond à la question du saint. Le premier des actes coupables qu'il énumère est difficile à
déterminer ; le texte est obscur, et la version huzvârèche
qui l'accompagne ne semble pas mériter une confiance
absolue. Nous le passons donc sous silence, d'autant plus
qu'il n'a rien à faire avec notre sujet. C'est à partir du
neuvième verset qu'il est question du chien, et ce premier
passage s'étend jusqu'au verset vingt-unième. Voici le texte
du morceau :

(1) *Op. cit.*, t. I, p. 127.
(2) *Beitræge zur vgl. sprachforschung,* t. V, p. 382.
(3) *An old Zand-Pahlavi Glossary,* p. 104.

*bitîm aêtaêšām skyaothnanām yôi verezinti mašyâka |
yô çûnê yim paçus haurvê vâ vis haurvê vâ açtām ahmars-
tanām dadhâiti garemanām vâ qarethanām | yêzića aêtê
açta dâtâhva arāntê garemôhva vîdhāntê | yat vâ aêtê
garemô qaretha çtamanem vâ hizvām vâ apa dažat | ahmat
haća irišyât | yêzi tat paiti irišyêiti | anhat haća skyao-
thnavareza atha bavaiti pešo tanus.*

« Le second de ces actes que les hommes comméttent... »
La difficulté du passage est dans le pronom *yôi*, qui est
un nominatif pluriel se rapportant à *mašyâka* « les
hommes », et à la place duquel on attendrait un accusatif
neutre *yā* ou *yâ* se rapportant à *skyaothnanām*. A la
vérité, un manuscrit du Vendidad déposé à la bibliothèque
nationale de Paris porte *yô* et non *yôi;* mais si ce *yô* n'est
point une faute de copie, on ne peut guère l'accepter, car
il s'agirait alors d'un nominatif singulier. Il est vraisemblable, pensons-nous, que l'on a affaire ici à une tournure
syntactique particulière et qui ne paraît nous choquer que
parce qu'elle nous est étrangère. Quant au sens, il est tout
à fait assuré. A propos de *bitîm*, nominatif neutre de
bitya- « second », et qui équivaut au sanscrit *dvitîya-*, au
grec δισσό- (pour δνιτιο-), nous pouvons nous rappeler que
le changement d'un ancien groupe « dv » en *b* se retrouve
également en latin : bellum et duellum, Bellius et Duellius,
bis et duis, bidens et duidens, bonus et duonus.

Dixième verset : « Quand quelqu'un donne à un chien
gardien du bétail ou gardien de la maison des os dans
lesquels il ne peut mordre ou des aliments chauds », c'est-
à-dire « des aliments qui le brûlent ». Il y a dans cette
phrase quatre génitifs pluriels régis par le verbe *dadhâiti*
d'une façon absolument partitive ; cela ne peut être une

difficulté. Les différents manuscrits du Vendidad varien t assez dans ce passage sur l'orthographe du mot *vis* « maison » ; l'un l'écrit de cette façon, un second écrit *vès*, un troisiéme *vaês*. En réalité, la forme exacte du mot est *viç (vith* en perse, *viç* en sanskrit) ; elle devient *vis*, en composition, devant un mot commençant par *h*. Le *haurva-* zend, nominatif singulier *haurvô*, correspond régulièrement, comme l'a démontré M. Spiegel il y a longtemps déjà, au latin *servus :* ces deux mots représentent une vieille forme : « sarva- », au nominatif « sarvas », dont le sens était celui de « gardien », en particulier « gardien du bétail ».

Le onzième verset est la suite du précédent : « Et si ces os vont dans les dents, se placent dans les gorges », c'està-dire « dans la gorge ». Le sens est parfaitement clair, mais la traduction des deux verbes peut n'être exacte que d'une façon générale ; le premier surtout de ces deux verbes est assez obscur (1).

Douzième verset, suite des précédents : « ou quand ces aliments chauds brûlent ou la bouche ou la langue ». Le verbe *dažaṭ* est au singulier ; il a pourtant pour sujet le nominatif pluriel *qaretha*. D'autre part, on se serait attendu à *garema*, non à *garemô*, qui n'est point un nominatif pluriel neutre ; les manuscrits différents n'autorisent point cette rectification, mais peut-être est-il inutile de la faire si l'on regarde *garemôqaretha* comme un composé. Dans ce cas, les lois phonétiques du zend expliqueraient trèsbien la voyelle *ô*.

---

(1) Spiegel, *op. cit.*, t. I, p. 347. Hübschmann, *Bulletin de l'Académie des sciences de Munich*, class. d'hist. et de philos., 1872, p. 699.

M. Justi, dans son lexique, traduit ainsi ce passage :
« Wenn er an diesen heissen speisen den mund verbrennt »,
c'est-à-dire « s'il se brûle la langue à ces aliments chauds »,
et cette traduction a l'avantage d'expliquer le singulier du
verbe *dazaṭ* ; mais comment se trouve construit le reste de
la phrase ? Le sens est clair, très-clair, mais la tournure
même du texte l'est beaucoup moins.

Le sens général se comprend parfaitement encore dans
les deux versets suivants, mais il est difficile, à première
vue, de les traduire littéralement. Le verbe *iriṣ*, en effet,
signifie tout aussi bien « se blesser » que « blesser » ; or
iriṣyâṭ et *iriṣyêiti* ont-ils pour sujet le chien mal nourri
ou l'individu qui a mal nourri le chien ? Faut-il, en
d'autres termes, traduire *ahmaṭ haća iriṣyâṭ* par « si le
chien, en suite de cela, se blesse », ou le traduire par
« si, en suite de cela, il blesse le chien »... La question
nous paraîtrait fort douteuse si les versets dix-neuvième et
vingtième, qui sont la répétition de ceux-ci, mais qui s'ap-
pliquent à un cas où le chien semble bien être le sujet du
verbe, ne venaient trancher la question, selon toute vraisemblance, en faveur du sens réfléchi de *iriṣyâṭ, iriṣyêiti*. En
ce cas, M. Justi pourrait peut-être avoir eu raison d'expliquer plus haut le singulier *dazaṭ* en lui donnant le chien
pour sujet.

Le quinzième verset n'est que la répétition du huitième ;
seulement le verbe est au singulier : *bavaiti*. Il se rapporte
en effet à l'individu *(yô)* qui a ainsi maltraité le chien.

La troisième des fautes capitales qu'Ahura Mazdâ signale
à son saint se rapporte également, tout comme la
seconde, au chien. Ce passage comprend six versets dont
voici le texte :

thritîm aêtaêṣãm skyaothnanãm yôi verezinti maṣyâka |
yô gadhwãm yãm aputhrãm janaiti vâ vayêiti vâ khrao-
çyêiti vâ pazdayêiti vâ | yêzića aêṣa gadhwa maighê vâ
ćâitê vâ vaêmê vâ uruidhi vâ apô vâ nâvayão paidhyâiti |
ahmaṭ haća iriṣyâṭ | yêzi taṭ paiti iriṣyêiti | aṅhaṭ haća
skyaothna vareza atha bavaiti pêṣô tanus.

Dans le premier verset de ce fragment, nous retrouvons
le premier verset du fragment précédent avec *thritîm*
« troisième » à la place de *bitîm* « second ». Voici la
traduction du deuxième : « celui qui bat, ou met en fuite,
ou effraie par ses cris, ou..... une chienne qui n'a pas
encore mis bas ». Au propre *aputhra-* signifie simplement
« sans enfants, sans petits » ; comme le démontre facilement l'ensemble du texte, et comme le laisse d'ailleurs
entendre la version huzvarèche, il est question ici d'une
chienne qui n'a pas encore mis bas ses petits, d'une
chienne qui est pleine. Tous les autres mots du verset
s'expliquent facilement, sauf un seul, le mot *pazdayêiti*.
Non seulement le sens de ce mot est obscur, mais encore
on ne sait pas d'une façon bien assurée quel est le premier des éléments qui entrent dans sa composition. M. de
Harlez dit : « celui qui lève le pied sur elle », et dérive
ainsi ce mot, comme M. Justi, de *padha-* « pied » ;
M. Spiegel reste dans le doute et traduit d'après la version
huzvârèche : « oder hinter her in die hænde schlægt »,
c'est-à-dire « qui frappe derrière elle dans ses mains ».
Au surplus, le mot n'est que tout à fait accessoire, et,
jusqu'à nouvel éclaircissement, nous préférons ne pas le
traduire.

Troisième verset du fragment, dix-huitième du chapitre :
« Et si cette chienne tombe dans un trou, ou dans un

puits, ou dans une embûche, ou dans un cours d'eau »,
au lieu de *paidhyáiti* un manuscrit donne *paidhyâitê,*
forme intransitive qui peut être exacte ; le sens, d'ailleurs,
n'est pas douteux. Le mot *maighê* est le locatif régulier
de *magha-* « trou » ; les différents manuscrits du Vendidad
varient beaucoup à son sujet, mais il n'y a point de doute
que telle ne soit la forme exacte. Le locatif *uruidhi* semble
s'expliquer aussi bien par l'étymologie que par la tradition : il s'agirait ici d'un cours d'eau, d'une rivière. Quant
aux deux mots suivants, *apô nâvayāō,* ils présentent une
certaine difficulté : la forme *apô,* en effet, n'est pas un
locatif ; c'est un nominatif ou un accusatif pluriel : « les
eaux ». L'adjectif *nâvayāō* qui s'y rapporte est également
un nominatif ou un accusatif du pluriel. Par malheur la
traduction huzvârèche n'est d'aucun secours en ce passage difficile. Le sens de ces deux mots et celui du mot
precédent sont sans doute assez rapprochés ; M. Spiegel
traduit le premier par « fluss » le second par « fliessendes
wasser », et M. de Harlez leur donne le sens de « fleuve »
et de « canal ». Rien ne semble justifier cette dernière
traduction, ce mot « canal ». En définitive nous rendons
les trois mots par une seule expression, celle d' « eau
courante » ou de « cours d'eau ».

Des trois derniers versets de ce fragment nous n'avons
rien à dire ; ils ne sont que la reproduction d'un passage
expliqué déjà ci-dessus.

Nous passons du vingt-unième verset au soixante-
unième. Dans l'intervalle Ahura Mazdâ a signalé à Zarathustra les quatrième et cinquième fautes qui n'ont rien
à faire avec le sujet dont nous nous occupons et que nous
pouvons dès lors passer sous silence.

A partir du verset soixante-unième toute la fin du quinzième chapitre du Vendidad est consacrée de nouveau aux soins que réclame le chien. Nous diviserons ce fragment en trois morceaux. Dans la première partie il est question des soins dus à la chienne qui vient de mettre bas (v. 61-121) ; dans la seconde il est question de la garde des jeunes chiens (v. 122-126) ; dans la troisième, enfin, il est question de la reproduction des chiens (v. 127-133).

Voici le texte de la première partie :

dâtare yêzi taṭ phrajaçâṭ antare çairê varezânê | kahmâṭ mazdayaçnanām harethrem barâṭ | âaṭ mraoṭ ahurô mazdᾱ yô hê aṅhaṭ nazdistem nmânem uzdaçta aêtahmâyus paiti harethrem | viçpem â ahmâṭ thrâthrem kerenavâṭ yaṭ aêtê yô çpâna uzjaçān | yêzi nôiṭ'harethrem baraiti | aêtadha aêtê yô çpâna adhâityô aṅharethrem iriṣyān | para aêṣām iriṣantām raêṣè çikayâṭ baodhâvarstahê çithaya | dâtare yêziça aêṣa gadhwa ustrô çtânaêṣva phrajaçâṭ | kahmâṭ mazdayaçnanām harethrem barâṭ | âaṭ mraoṭ ahurô mazdᾱ yô aêtem ustrô çlânem uzdaçta | aêtahmâyus paiti harethrem | viçpem â ahmâṭ thrâthrem kerenavâṭ yâṭ aêtê yô çpâna uzjaçān | yêzi nôiṭ (comme plus haut) — *aêthada aêtê* (comme plus haut) | *para aêṣām* (comme plus haut).

Voici la traduction des] deux premiers versets de ce fragment, les soixante-unième et soixante-deuxième du chapitre : « O créateur ! si alors [une chienne] vient à mettre bas, duquel des Mazdéens doit-elle recevoir le soutien ? ». M. Justi traduit les mots *antare çairê varezânê* par « in die niedermachung, » c'est-à-dire « dans l'acte de mettre bas » ; M. Spiegel avait traduit de la même façon : « Wenn diese hündin˜niederkommt ». Cherchant à serrer le texte de plus près, M. de Harlez a ainsi compris ce passage : « Si [une chienne] met bat dans un lieu de culture » ; nous pensons, au contraire, qu'il s'éloigne de la lettre même de ce passage et qu'il le commente bien inutilement. L'auteur commence par demander d'une façon générale quel est celui des Mazdéens auquel il incombe de prendre soin d'une chienne qui met bas. Il distinguera et précisera tout à l'heure.

Troisième verset : « Ahura Mazdâ répondit alors : « celui dont la maison est bâtie la plus proche, que celui-là porte secours ». Dans le dernier membre de la phrase le mot *barâṭ* est sous-entendu dans le texte. Quant à la forme verbale *uzdaçta*, elle n'est pas encore bien déterminée, au moins dans ce passage, mais le sens est parfaitement clair.

Le sens du verset suivant est tout aussi clair : « Qu'il la soutienne jusqu'à ce que les chiens puissent aller ». Nous trouvons ici deux locutions spéciales ; la première, *viçpem â ahmâṭ yaṭ*, se rencontre plusieurs fois dans l'Avesta : « entièrement depuis ce moment jusqu'à ce que », en autres termes : « jusqu'à ce que ». La seconde, *aêtê yô çpâna* (ou, peut-être mieux, *aêtê yôi çpâna*, comme le donnent certains manuscrits), se rendrait mot à mot par « ceux là qui chiens » et est une tournure tout à fait éranienne. A proprement parler le verbe *uçjaçān* veut dire « avancent, viennent dehors ». MM. Justi et de Harlez le traduisent par « naissent » : « jusqu'à ce que les jeunes chiens soient venus au monde ». Ce n'est pas assez dire. Le Mazdéen doit avoir soin de la chienne tant que ses petits réclament les soins de leur mère, et plus loin, dans les versets soixante-deuxième et suivants, il est question de l'époque où les jeunes chiens peuvent être livrés à eux-mêmes. Nous ne repoussons pas d'une manière absolue la traduction « jusqu'à ce qu'ils naissent », mais nous préférons pour l'instant la traduction « jusqu'à ce qu'ils puissent aller ».

« S'il ne porte pas secours, — [si] par suite les chiens ne recevant pas le secours voulu souffrent, — qu'il paye les maux de ces [chiens] souffrants par la peine du *baodhôvarsta* ». L'adjectif *adháitya-* veut dire « non conforme à la loi », c'est le négatif de *dáitya-*. Quant à la peine en question, il est difficile de dire en quoi elle consistait.

Verset soixante-huitième et suivants : « O créateur ! si cette chienne vient à mettre bas dans une étable de chameaux, quel est celui des Mazdéens qui doit la soigner ? Ahura Mazdâ répondit alors : celui qui a bâti cette étable de chameaux doit lui donner secours. Il doit donner ses soins jusqu'à ce que les [jeunes] chiens puissent aller. S'il ne... (*comme ci-dessus*) ».

Le saint continue à interroger Ahura Mazdâ et lui demande successivement quel doit être le protecteur de la chienne qui met bas dans une écurie, dans une étable, dans un parc de bétail, dans une cave, dans un pâturage (*açpô çtánaêçva, gavô çtánêçva, paçus haçtaêçva, avakantaêçva* (1), *váçtrê*); la réponse est toujours la même, et nous pouvons nous dispenser de la répéter ainsi cinq fois encore.

Du verset cent vingt-deuxième au cent vingt-sixième il

(1) Nous omettons, avant ce mot, un terme difficile à expliquer, mais qui semble cependant lui faire opposition; peut-être aurait-il le sens de « grenier. » Anquetil-Duperron le traduit par « lieu élevé. »

est question spécialement des jeunes chiens et de l'âge
auquel ils peuvent être livrés à eux-mêmes :

dâtare yaṭ aêtê yô çpâna qâzaênem qâdraonem bavān |
*âaṭ mraoṭ ahurô mazdǡ yavaṭ aêtê çpâna bis hapta nmâna
pairi taćahi bavān.*

Le sens du premier verset est celui-ci : O créateur !
quand les chiens sont-ils capables de se suffire ? Mais
ce n'est là qu'une traduction très-libre et très-géné-
rale. En fait, *qâzaêna-* veut dire : « ayant ses armes
propres, pouvant se défendre par lui-même », et *qâdraona-*
« ayant son pain propre, capable de trouver sa nourriture ».

Que les deux derniers mots, *taćahi bavān,* veuillent
dire « peuvent courir, » nous n'en doutons certainement
pas ; mais qu'est-ce que cette forme *taćahi ?* Jusqu'à présent elle n'a pas encore été expliquée. Voici la traduction
du verset : « Alors Ahura Mazdâ dit : quand ces chiens
peuvent courir deux [fois] sept [fois] autour des maisons »,
ou bien, selon M. Spiegel : « quand ils peuvent courir
autour de deux fois sept demeures ». Ce passage est bien
obscur, et nous ne voyons aucun motif pour adopter l'une
de ces versions de préférence à l'autre. Qui sait même si
l'une et l'autre elles ne sont pas fautives ?

vaçô paććaêta phrakhstâitê aiwigamê itha hama.

« A leur gré, ensuite, qu'ils aillent en avant en hiver
comme en été ». Il y a deux observations à faire sur ce
verset. En premier lieu, rappelons que *hama* « été »
semble être indéclinable. En second lieu notons que la
forme *phrakhstâitê* demande peut-être une correction ; en
tout cas, elle provient de *i* « aller » et du préfixe *phra*
« avant, en avant ».

khṣvas mãṅhô çûnô thrâthrem hapta çaregha aperenâyû-
kahê.

« Six mois la protection du chien, sept ans de l'enfant ». Le premier âge, l'âge des premiers soins est de
six mois pour le chien, de sept ans pour l'enfant. Le mot
aperenâyûka- ne désigne peut-être pas ici l'enfant en
général, mais bien le « garçon ».

Nous arrivons à la deuxième partie du fragment ; il y
est question, avons-nous dit, de la reproduction des
chiens. Le morceau va du cent vingt-septième au cent
trente-troisième verset. En voici le texte :

dâtare yêzi vaçen mazdayaçna jvô dakhṣtem maêthma-
nem | kutha tê verezyãn aêtê yô mazdayaçna | âaṭ
mraoṭ ahurô mazdā̊ aêtadha hê aêtê mazdayaçna aṅhā̊
zemô avakanem avakanayen maidhyôi paçus haçtaêṣva |
maidhyô paitistânê khrožduçmê maidhyô nars vareduçmê |
paoiryâi nidarezayen aperenâyûkem avatha âtare ahurahê
mazdā̊ puthrem | viçpem â ahmâṭ thrâthrem kerenavâṭ
yavaṭ aêṣô çpâ anya jaçô | aiwiḋa aparem paitiḋa aparem
apâḋa paourvaéibya nôiṭ kim avatha iriṣyãn.

La traduction mot à mot du premier verset de ce fragment
est des plus difficiles. Pour M. Spiegel il signifie : « Schœp-
fer ! wenn die Mazdayaçnas einen læufigen hund (mit einem
anderen) in verbindung bringen wollen » ; pour M. Justi :
« Wenn sie einen læufigen hund zur begattung bringen
wollen » ; pour M. de Harlez : « Si des Mazdéens veulent
unir des chiens pour avoir des jeunes ». Dans ces différentes
traductions le sens est toujours le même, et ce sens est sans
aucun doute celui du texte zend, mais quel est le mot à
mot de ce texte ? Le second verset est parfaitement simple
et clair : « Comment ces Mazdéens doivent-ils agir ? »

« Ahura Mazdâ dit alors : que ces Mazdéens creusent une fosse dans cette terre, au milieu des pacages du bétail ». Les deux derniers termes « au milieu » et « dans les pacages » sont au vocatif dans le texte.

Pour la tradition le verset suivant se traduit ainsi : « [que cette fosse soit] de la moitié d'un pied dans le terrain dur, de la moitié [de la hauteur d'un homme] dans le terrain mou », et cette version paraît être exacte ; mais les mots *maidhyô paitistanê* et *maidhyô nars* demanderaient à être expliqués au point de vue grammatical. C'est la forme même des mots, ce n'est point le sens de la phrase, qui constitue ici la difficulté.

Cent trente-unième verset : « Tout d'abord qu'ils l'attachent loin des enfants et du feu, fils d'Ahura Mazdâ ». Ce sens est celui que donne la version huzvârèche, et il est raisonnable. On place le chien loin des ébats des enfants et loin du feu ; une glose ajoute que sans cette précaution il pourrait mordre les enfants et souiller le feu. Mais ici encore se présente une difficulté grammaticale, et cette difficulté est importante. Il s'agit des formes *aperenâyûkem* et *âtare* qui se trouvent à l'accusatif. Faut-il donc penser que ces deux formes sont les régimes directs du verbe *nidarezayen ?* M. Spiegel est disposé à l'admettre. Ce ne serait pas le chien, dit-il dans son Commentaire, que l'on doit écarter des enfants et du feu ; ce sont au contraire les enfants et le feu que l'on doit tenir éloignés du chien. En tout cas, l'idée sommaire, l'idée générale de l'auteur est que dans cette circonstance le chien, d'une part, et, d'autre part, les enfants et le feu, doivent être tenus à distance : les deux versions la rendent également.

Nous trouvons dans le verset suivant la formule *viçpem*

â ahmâṭ... yavaṭ « jusqu'à ce que », qui nous a occupé ci-dessus : « Qu'on lui donne assistance jusqu'à ce qu'un autre chien arrive ». Le mot *jaçô* est en réalité un participe présent : « un autre chien arrivant ».

Le dernier verset est bien difficile à comprendre. M. Spiegel le traduit ainsi : « Einen spæteren und noch einen spæteren soll man von den früheren (hunden fernhalten), nicht sollen sie ihn verwunden » ; le texte voudrait dire ainsi que si d'autres chiens surviennent, il faut les empêcher d'approcher des premiers pour que la chienne ne soit pas blessée. M. de Harlez traduit ainsi : « Qu'ils laissent venir cet autre chien, qu'ils en laissent venir un deuxième en le tenant écarté des deux premiers pour qu'ils ne le blessent pas ». Dans la première version il s'agit donc de l'arrivée de trois chiens, et dans la seconde de deux chiens seulement. Les deux traducteurs ne donnent d'ailleurs à leur version qu'une valeur toute conjecturale, et en cela ils ont grandement raison ; ce verset est en effet fort obscur, et la tradition n'aide guère à l'interpréter. Nous pouvons comprendre, cependant, qu'il s'agit de se mettre en garde contre l'arrivée d'un nouveau chien, *aiwiĉa aparem*, et encore celle d'un autre chien, *paitiĉa aparem*, puis qu'il s'agit de les tenir écartés des deux précédents, *apáĉa paourvaêibya*, pour qu'ensuite, *avatha*, ces deux derniers venus ne blessent pas, *nôit irisyān*, le chien dont il a été le premier question, *kim*, lui, c'est-à-dire évidemment la chienne exposée.

Dans ces différents passages du quinzième chapitre du Vendidad, l'on voit que les difficultés ne manquent point. Et pourtant nous sommes loin de nous trouver ici en présence d'une des parties les plus obscures de l'Avesta. Mais ici les difficultés ne son la plupart du temps que de l'ordre grammatical, et elles ne nuisent guère à la bonne intelligence du texte.

Voici d'ailleurs notre traduction de l'ensemble du morceau :

« Combien, en ce monde corporel, y a-t-il d'actions qui, une fois accomplies, si l'on n'en fait point pénitence, si l'on ne les expie pas, constituent [leur auteur] pécheur et *peṣôtanu?* »

(Ahura Mazdâ répond à son saint que ces actions sont au nombre de cinq, et il lui fait connaître la première qui n'a point rapport à notre sujet. Le dieu continue ainsi :)

« Le second de ces actes que commettent les hommes, c'est de donner à un chien qui garde le bétail ou qui garde le logis des os dans lesquels il ne peut mordre ou des aliments brûlants. Si ces os se placent dans ses dents ou dans sa gorge, si ces aliments chauds lui brûlent ou la gueule on la langue, et si alors il se blesse, [celui qui les lui a donnés] devient pécheur et *peṣôtanu.*

« Le troisième de ces actes que commettent les hommes, c'est de battre, de mettre en fuite, d'effrayer par des cris... une chienne portant des petits (1). Si cette chienne tombe dans un trou, dans un puits, dans un piége, dans un cours d'eau, et si alors elle se blesse, [l'homme qui en est cause] devient pécheur et *peṣôtanu* ».

(Ici nous passons encore un certain nombre de versets qui ne se rattachent pas à notre sujet. Zarathustra poursuit ses demandes :)

« O créateur ! si une chienne vient à mettre bas, quel

____

(1) Pleine, qui doit mettre bas.

est, parmi les Mazdéens, celui qui doit lui donner des
soins ? — Ahura Mazdâ répondit : celui-là doit lui donner
ses soins près de la demeure duquel elle met bas ; qu'il
veille sur elle jusqu'à ce que ses petits puissent aller. S'il
ne leur donne pas ses soins, et si ces chiens ainsi privés
du secours qui leur est dû viennent à en souffrir, qu'il
paye leurs souffrances par la peine du *baodhavarsta*. —
O créateur ! si cette chienne vient à mettre bas dans une
étable de chameaux, dans une écurie, dans une étable,
dans un parc de bétail, dans une cave, quel est parmi les
Mazdéens celui qui doit lui donner des soins ? — Ahura
Mazdâ répondit : C'est celui qui a construit cette étable
de chameaux, cette écurie, cette étable, qui a fait ce parc
de bétail, cette cave, ce pâturage (1) ; il doit lui donner
ses soins jusqu'à ce que les petits puissent aller. S'il ne
leur donne pas ses soins et si ces chiens, ainsi privés du
secours qui leur est dû, viennent à en souffrir, qu'il paye
leurs maux par la peine du *baodhavarsta*.

« O créateur ! quand les chiens sont-ils capables de se
défendre par eux-mêmes et de pourvoir eux-mêmes à leur
nourriture ? — Ahura Mazdâ répondit : C'est lorsqu'ils
peuvent courir autour de quatorze maisons (2). Alors,
qu'ils aillent comme ils le voudront, en hiver comme en
été. Il faut veiller six mois sur le chien, sept ans sur
l'enfant.

« Créateur ! si des Mazdéens désirent unir des chiens
pour en avoir des petits, que doivent faire ces Mazdéens ?

(1) Ainsi que nous l'avons dit ci-dessus, nous réunissons ici plusieurs
versets en une seule phrase.

(2) Passage fort obscur, et dont la traduction est très-difficile.
Voyez ce que nous en avons dit ci-dessus.

— Ahura Mazdâ répondit : Ils doivent creuser une fosse, en terre, au milieu des pacages du bétail, profonde de la moitié d'un pied dans le terrain dur, de la moitié d'une taille d'homme dans le terrain mou. Qu'ils tiennent tout d'abord à distance les enfants et le feu, fils d'Ahura Mazdâ. On doit veiller [sur le chien] jusqu'à ce qu'un autre approche. S'il en survient un autre, puis un autre encore, il faut les tenir éloignés des deux précédents, pour qu'ils ne blessent point le premier ».

IV

L'autre fragment fait partie du treizième livre du Vendidad ; il va du verset vingt-unième au cent soixante-deuxième, et paraît plus suivi que les différents morceaux qui nous ont occupé jusqu'ici. Nous l'avons réservé pour la fin, d'autant plus volontiers qu'il se termine par l'éloge qu'Ahura Mazdâ fait du chien. Ici encore, c'est Ahura Mazdâ qui répond aux demandes du saint Zarathustra.

Yô aêtaêṣām çûnām jainti yim paçus haurvāmća vis haurvāmća vôhu hunazgāmća drakhtô hunaranāmća | khraoçyôtaraća nô ahmâṭ vôyôtaraća havô urva parâiti parô açnâi aṅuhê | yatha vehrkô vayôtuitê dramnê barezistê razuirê | nôiṭ hê anyô urva haom urvânem paiti irista bāzaiti khraoçyâća vôyaća aṅuhê | naêdha çpâna piṣu pâna paiti irista bāzaiti khraoçyâća vôyaća aṅuhê.

« Celui qui tue [un] de ces chiens qui [est] gardien du bétail, gardien de la maison, chien..... dressé ». La traduction du mot *vôhunazgãm* serait toute conjecturale si on ne le rencontrait que dans ce passage. M. Justi

traduit « abgerichteter jagdhund », mais sans donner sa
version pour parfaitement exacte. Il se peut qu'il s'agisse
ici d'un chien dressé à l'attaque des animaux malfaisants
ou du gibier, d'un de ces chiens « die aufs blut gehen »,
comme dit M. Spiegel. En tous cas, il ne s'agit point simplement d'un chien de garde du logis, puisque le mot
précédent, *vis haurvām*, a précisément et uniquement ce
sens. Plus bas, lorsque nous en serons au verset cinquante-
quatrième, nous verrons qu'il s'agit ici d'un vrai garde
du corps, d'un chien préposé à la défense personnelle de
son maître. M. de Harlez l'a bien compris. Il n'y a point de
doute que le composé *drakhtô hunara-* ne veuille dire
« dressé, formé, bien éduqué », comme en témoigne la
tradition.

Le verset suivant offre une certaine difficulté. Il signifie
pour M. Spiegel : « Dessen seele geht grauenvoll und
krank von dieser unserer (welt) hin zur überirdischen ».
Pour ce même auteur *khraoçyôtara* et *vôyôtara* seraient à
l'instrumental et adverbiaux ; nous pensons qu'il faut y
voir deux nominatifs du singulier se rapportant au nominatif *urva* « âme », et que le suffixe *tara* qui les termine
ne fait, quelle que soit sa nature, qu'accentuer le sens des
mots radicaux. L'on peut se rappeler ici les composés
latins « perlibens, perliberalis, perniger ». Le premier mot
veut donc dire « toute pleine d'angoisse », et le second
« toute pleine de crainte ». D'où l'âme s'en va-t-elle ainsi ?
De parmi nous, *nô ahmât*, de ce monde. Où va-t-elle ?
Dans l'autre monde, *parô açnâi añuhê*. On interprète *parô
açana-* par « non proche, éloigné », ce qui semble être
exact et ce qui concorde parfaitement avec la version huzvârèche. Le sens des deux premiers versets est donc celui-

ci : « L'âme de celui qui tue un chien gardien du bétail, un chien gardien du logis, un chien préposé à la garde de son maître, un chien dressé, s'en va de ce monde dans l'autre toute pleine d'angoisse, toute pleine de crainte ». Le verset suivant, le vingt-troisième, fait suite aux précédents :

« De même qu'un loup dans une forêt antique, très-profonde ». Qu'est-ce que le mot *dramnê?* Nous n'avons pu le comprendre, et M. Spiegel ne voit point quel peut être son correspondant dans la version huzvârèche. Pour M. Justi il pourrait signifier « parcourue », c'est-à-dire « parcourue par lui, par le loup : in dem uralten (von ihm) durchstreiften hohen wald » ; mais cette explication est encore toute conjecturale, et rien ne nous autorise à l'admettre. Quant à la version de M. de Harlez, elle est inadmissible : « Dans une forêt profonde, dans une gorge où les loups répandent la terreur » ; d'après lui, ce serait renverser les rôles que de traduire : « comme un loup dans une forêt profonde... ». En aucune façon. Tout d'abord le texte est formel, puis il n'y a rien que de naturel à représenter un loup « plein d'angoisse, anxieux » dans la forêt qu'il parcourt.

Ici se placent deux versets fort obscurs que la tradition et le commentaire ingénieux de M. Spiegel n'ont pu expliquer d'une façon réellement satisfaisante ; ces deux versets, heureusement, forment une phrase accessoire, et nous pouvons les négliger ici pour passer à la suite du texte. Il s'agit des peines encourues par les Mazdéens qui ont blessé un chien :

yô çûnê pistrem jainti yim paçus haurvâi | uç vâ hê
gaoṣem thwereçaiti apa vâ hê paidhyãm kerentaiti | yaçê

*taṭ paiti avā̃ gaêthā̃ lâyus vâ vehrkô vâ apaitibusti haća
gaêthâbyô para baraiti daça | adhâṭ paiti âphṣè ćikayaṭ |
ćikayaṭ çûnahê raêṣô baodhô varstahê ćithaya.*

« Celui qui blesse un chien gardien du bétail ». Les
mots *pistrem jainti* disent évidemment « blesser, frapper
et blesser », mais il est assez difficile d'expliquer clairement *pistrem*. En tous cas *çûnê* est au datif, et nous n'hé-
sitons pas à substituer le datif *haurvâi* à la forme locative
haurvê que nous offrent les manuscrits ; l'adjectif *haurva-*
doit s'accorder avec le substantif *çûnê* qui est un datif.
Vingt-septième verset : « Ou s'il lui coupe une oreille ou
lui coupe une patte ». Le verset suivant offre plus de
difficulté : « Si alors ou un voleur ou un loup vient à ce
parc de bestiaux, sans qu'il y ait avertissement... ». Le
chien ayant été blessé ne peut avertir de la venue des
voleurs ou des loups, tel est le sens du verset, mais il se
présente ici plusieurs difficultés lexiques ou grammaticales.
Qu'est-ce d'abord que la forme *yaçê?* On se serait attendu
à *yêzi yêçtê* ou à un potentiel. Toutefois le sens est trop
clair pour qu'il y ait le moindre doute dans la traduction.
Qu'est-ce encore que *apaitibusti?* Nous y reconnaissons bien
l'*a* privatif et un *busti-* dérivé de *bud* « savoir » (sanskrit
budh), mais quelle est la forme précise de ce mot? M. Justi
y voit un instrumental adverbial, explication commode,
sans doute, mais qui demanderait à être justifiée. En tous
cas, le sens est toujours très-clair, et la difficulté ne porte
que sur la forme même des mots, non sur la signification
de la phrase. Les derniers mots sont encore assez peu
commodes à expliquer littéralement ; l'auteur veut dire
évidemment que le voleur ou le loup emporte *(parabaiti)*
des pacages *(gaêthâbyô)* quelque chose ; mais qu'est-ce que

ce mot *daça* qui paraît être le régime du verbe *baraiti ?*
Jusqu'à présent, il a été impossible de lui donner un sens
raisonnable.

« Qu'alors [celui-là] paye la valeur perdue ». Nous nous
basons ici sur la version de M. Spiegel : « dann soll er den
verlust büssen », et sur celle de M. Justi : « dann büsse
er den verlust (des gutes, welches der dieb nahm) », version qui, sans doute, est très-logique, mais qui donne au-
mot *âphṣè* ou *aphṣê* une valeur toute conjecturale. La tradition n'est ici d'aucun secours. « Qu'il paye la blessure
du chien par la peine du *baodhô varsta* ». Plus haut,
dans notre second paragraphe, nous avons cité les différentes formes de la déclinaison de *çpâ* « le chien ». Au
génitif singulier nous n'avons donné que la forme *çûnô*,
répondant à un « kvanas » plus ancien, au grec κυνός. Le
çûnahê que nous trouvons ici est un véritable barbarisme :
il supposerait un thème « çûna- » pour « kvana- », ayant
donné un génitif « çûnasya » pour « kvanasya ». C'est ainsi
que *açpa-*, cheval, fait au génitif *açpahê*, pour « açpasya »,
pour « akvasya ». Ce *çûnahê* n'est qu'une méprise.

Les versets trente-unième à trente-cinquième ne sont
que la reproduction des cinq versets précédents, avec cette
seule différence qu'il y est question, non plus d'un chien
gardien du bétail, mais d'un chien gardien du logis : à
paçus haurvái et *avaᴁ gaêthᴁ* sont substitués *vis haurvái*
et *avᴁ víçô*, et *vîžibyô* à *gaêthâbyô*.

dâtare yô çpânem jainti yim paçus haurum phrazâbao-
dhaṅhem çnathem vîkereṭ ustânem | kâ hê açti ćitha |
âaṭ mraoṭ ahurô mazdᴁ asta çata upâzananōm upâzoiṭ
açpahê astraya aêta çata çraoçô ćaranaya.

« O créateur ! celui qui frappe un chien gardien du

bétail [et lui porte] un coup mortel, endommageant [sa] fonction vitale ». Le mot *vikeret* est un participe présent actif. « Quelle est sa peine? », c'est-à-dire : comment doit-il être puni ? « Ahura Mazdâ répondit alors : qu'il donne huit cents coups avec l'aiguillon du cheval, huit cents avec l'aiguillon du bétail ». Une explication ici est nécessaire. Dans la croyance mazdéenne un certain nombre de créatures étaient impures, nuisibles et devaient être mises à mort par les sectateurs de la loi. Hérodote, dans le passage de ses Histoires que nous avons déjà cité, rapporte que les mages ont entre autres soins celui de tuer certains animaux : κτείνοντες ὁμοίως μυρμηκας τε καὶ ὄφις καὶ τἄλλα ἑρπετά. C'est précisément ce soin qui est imposé aux délinquants que signale l'Avesta : ils doivent, comme punition, s'armer de l'aiguillon qui sert à conduire le bétail, et mettre à mort tant de centaines, tant de milliers des animaux nuisibles indiqués par le livre saint. Ils doivent par cette action méritoire racheter leur faute (1).

Les neuf versets suivants répètent les trois qui précèdent, avec cette seule différence qu'il y est question, au lieu du chien gardien des troupeaux, du chien gardien du logis, puis de celui que nous avons supposé ci-dessus être un chien de garde personnelle, puis enfin d'un jeune chien : *vis haurvum, vôhunazgem, taurunem*. Il y a encore cette différence que les coups se réduisent successivement au nombre de sept cents *(hapta çata)*, puis de six cents *(khsvas çata)*, puis enfin de cinq cents *(panća çata)* s'il s'agit d'un jeune chien. Nous pouvons donc nous dispenser de reproduire ces neuf versets du texte.

(1) Consultez Spiegel, tome Ier de sa version de l'*Avesta*, p. 294.

Ahura Mazdâ ajoute après cette énumération une énumération nouvelle de différentes espèces de chiens, et dans laquelle certains noms paraissent encore assez obscurs. Ce quarante-huitième verset pourrait bien être interpolé, et nous passons immédiatement au verset suivant, le quarante-neuvième, et à celui qui l'accompagne. Zarathustra reprend la parole :

dâtare kva açti çpâ paçus haurvô dâityô gâtus | âaṭ mraoṭ ahurô mazdā̊ yô yujyêstîm haéa gaêthâbyô parâiti çraêṣemnô tâyûm vehrkeméa.

« O créateur! où un chien gardien du bétail a-t-il sa place légale? » Le verbe *açti* « est » a pour sujet *çpâ;* quant aux mots *dâityô gâtus*, ils ne signifient pas seulement « place légale », mais encore « ayant la place légale ». Cette tournure ne demande point d'explication. La réponse d'Ahura Mazdâ est que le chien doit se tenir à une distance d'un *yujyêçti* du pacage, pour marcher au voleur et au loup ; le sens du verset est fort clair, mais son explication littérale offre des difficultés. Certains manuscrits offrent la forme *çraêṣemnô*, d'autres *çraoṣinô*, d'autres *çraoṣimnô;* c'est une forme participiale, un nominatif singulier se rapportant à *çpâ*, mais quel est le sens de ce mot? Nous l'ignorons entièrement, tout autant que nous ignorons ce que pouvait être la distance d'un *yujyêçti*. Au lieu de *tâyûm vehrkeméa,* les manuscrits donnent *tâyus vehrkeméa,* le premier mot au nominatif, le second à l'accusatif ; la correction *tâyûm* nous semble légitime.

Les versets cinquante-unième et cinquante-deuxième sont la répétition des deux précédents, avec cette différence qu'à la place de *paçus haurvô* nous trouvons *vis haurvô,* puis *hâthrô maçañhem adhwanem* « une étendue longue d'un *hâthra* » à la place de la mesure plus haut indiquée, et enfin *vîźibyô* à la place de *gaêthâbyô.* La mesure du *hâthra* serait, d'après le Bouñdehèche, la distance à laquelle la vue peut discerner les choses, « reconnaître si un animal est noir ou blanc (1) ».

Au cinquante-troisième verset, nous trouvons la répétition de la même demande, avec cette modification qu'il ne s'agit plus du *çpâ paçus haurvô* ou du *çpâ vis haurvô,* mais bien du *çpâ vôhunazgô.* Ahura Mazdâ répond :

yô naêćim içaitê hunaranãm tanuyê içaitê thrâthrem.

Voici le mot à mot de ce passage : « Celui qui ne demande aucun [des chiens dressés aux] arts, [celui qui] demande la protection pour [son] corps ». Le chien *vôhunazgô,* qui n'a rien de commun avec le chien qui garde le bétail et celui qui garde le logis, est donc un chien de défense personnelle, un garde du corps, et sa place est près de celui qui désire ainsi son secours. Plus haut, nous avons rencontré déjà ce mot *vôhunazgô,* dont le sens semblait alors bien incertain. Le verset qui nous occupe en ce moment écarte tous les doutes, et donne une explication fort claire.

dâtare yô çpânem tarô pithwem daçtê yim paçus haurum ćvaṭ aêtaêṣãm skyaothnanãm ùçtâraiti | âaṭ mraoṭ ahurô mazdā̊ yatha aêtahmi añhvô yaṭ açtvaiti phratemô-nmânahê nmânôpaitîm paiti tarôpithwem daithyâṭ atha âçtâraiti.

« O créateur ! celui qui donne à un chien gardien du

(1) Chap. XXVI de l'édition de M. Justi. Cette matière des mesures de distance n'est pas parfaitement claire ; M. Justi en dit quelques mots dans le lexique adjoint à sa version du Bouñdehèche, p. 196 et 268.

bétail une nourriture mauvaise, [par] quel de ces actes
[mauvais] se souille-t-il? » On a voulu traduire *tarôpithwa-*
par « manque de nourriture, privation de nourriture »,
ce qui est inexact ; ce mot est formé comme *tarômata-* et
tarôidîta- « mésestime ». La réponse d'Ahura Mazdâ dit
bien clairement qu'il s'agit d'une mauvaise nourriture,
d'un manque de soins, et non d'une privation absolue.
« Ahura Mazdâ dit alors : de même que si, dans ce monde
corporel, il donnait une nourriture mauvaise au chef d'une
maison de qualité, de même il se souille ».

Les deux versets suivants sont la répétition des deux
précédents, avec cette différence qu'il s'agit d'un chien,
vis haurum et d'un chef de maison de rang moyen,
madhemônmânahê nmânâpaitîm. Le saint poursuit ses
questions :

*dâtare yô çpánem tarópithwem daçtê yim vôhunazgem
évaṭ aêtaêšãm skyaothnanõm áçtâraiti | âaṭ mraoṭ ahurô
mazdā̊ narem bôiṭ idha ašavanem jaçentem ahmya nmânê
maṭ avabyô dakhstâbyô yatha áthrava paiti tarôpithwem
daithyâṭ atha áçtâraiti.*

« O créateur ! celui qui donne une mauvaise nourriture
à un chien préposé à la garde personnelle, [du] quel de
ces actes [mauvais] se souille-t-il? Ahura Mazdâ dit alors:
[Comme si] on donnait une mauvaise nourriture à un
homme pur venant ici dans la maison avec ces signes
comme un prêtre ; de même il se souille ». C'est-à-dire :
il se rend coupable comme s'il donnait une mauvaise
nourriture à un homme pur, revêtu des caractères d'un
prêtre, venant dans sa maison ». La difficulté de cette
dernière phrase consiste en ce que les différents textes ne
portent point l'accusatif *jaçentem,* mais bien les formes

jaçenti ou *jaçentô ;* on a déjà proposé la correction *jaçentem*
que nous adoptons jusqu'à nouvelle information. Disons,
en outre, qu'après la formule « Ahura Mazdâ dit alors »,
il manque un *yatha* que l'ensemble du contexte laisse
d'ailleurs facilement restituer.

Zarathustra demande à Ahura Mazdà, dans le soixante-
unième verset, quel est le délit que l'on commet en
donnant une mauvaise nourriture à un jeune chien ; c'est
la phrase déjà étudiée ci-dessus, avec substitution des mots
çpânem yim taurunem. Le dieu lui répond :

*yatha aêtahmi añhvô yaṭ açtvaiti aperenâyûkem dahmô
keretem skyaothnâvarezem verezyâṭ skyaothnem paiti tarôpithwem daithyâṭ atha áçtáraiti.*

Ce verset est plein d'obscurité. Il s'agit de l'accomplisse-
ment d'une action délictueuse, d'un enfant, *aperenâyûka-*,
et encore, comme ci-dessus, d'un manque de soins dans
l'alimentation. L'accusatif *dahmô keretem* est également
plein de difficulté. S'agit-il d'un enfant « de bonne ori-
gine » ? Cela est possible, mais non certain. L'auteur a-t-il
voulu dire, en somme, que celui qui donnait à un jeune
chien une mauvaise nourriture faisait une aussi méchante
action que s'il traitait ainsi un enfant? Cela encore est
possible, cela est vraisemblable, mais ce n'est qu'une interprétation conjecturale.

*dâtare yô çpânem tarópithwem daçtè yim paçus haurum |
kâ hê açti ćitha | ââṭ mraoṭ ahurô mazdǟ aêtahê paiti .
peṣô tanuyê duyê çaitê upâzananãm upâzôiṭ açpahê astraya
duyê çaitê çraoṣô ćaranaya.*

« O créateur ! celui qui donne une mauvaise nourriture
à un chien gardien du bétail, quelle est sa peine? Alors
Ahura Mazdâ dit : Pour ce péché (?) qu'il donne deux cents

coups de l'aiguillon [avec lequel on mène le] cheval, deux cents coups de l'aiguillon [avec lequel on mène le] bétail ». Nous savons, d'après ce qui a été dit un peu plus haut, qu'il s'agit ici, comme pénitence, de la destruction d'un certain nombre des animaux spécialement désignés par la loi mazdéenne. Les mots *aêtahê paiti peṣô tanuyê* sont assez obscurs; la version huzvarèche les rend par ceci : « moyennant ce péché », et nous la suivons jusqu'à meilleure et plus ample information.

Les versets suivants ne font que reproduire le cadre des versets qui précèdent; toutefois, il n'y est plus question du chien gardien des bestiaux et de deux cents coups d'aiguillon, mais bien du chien préposé à la garde des habitations, *vis haurum*, de celui qui est préposé à la garde personnelle, *vôhunazgem*, du jeune chien, *çpânem yim taurunem*, et, respectivement, de quatre-vingt-dix, de soixante-dix et de cinquante coups d'aiguillon à donner : *navaitîm, haptâitîm, pançâçatem.*

aêtem zi aêtahmi aṅhvô yaṭ açtvaiti çpitama zarathustra çpentahê mainyèus dâmanãm âçistem zrvânem upâiti yaṭ çpânô | yôi histenti aqarô upa qarentãm.

« Car dans ce monde corporel, ô saint Zarathustra ! le chien est, parmi les créatures du Saint-Esprit, celle qui vieillit le plus vite ». Il est utile de donner ici une explication mot à mot : *aêtem damanãm* « celle-là des créatures (de l'esprit saint, d'Ahura Mazdâ) », *âçistem zrvânem paraiti* « va vers le temps le plus rapide » ou « va le plus rapidement vers le temps », *yaṭ çpânô* « [celle-là] qui [est] les chiens », c'est-à-dire « le chien ». Et le verset suivant ajoute : « ceux qui demeurent sans nourriture près des gens qui se nourrissent ».

*paró çpâçânô evindânô | parô khṣûiçća âzûitiçća gèus
maṭ baratu qarethanām | çûnahê aêvahê dâityô pithwem.*

. « Devant [les chiens qui] veillent sans [s'occuper de]
trouver [leur nourriture], devant [eux] qu'on apporte de
la soupe à la farine (?), de la graisse, de la viande ; [telle
est] la nourriture légitime du chien ». Les trois premiers
mots se traduiraient exactement ainsi : « Devant les vigi-
lants ne trouvant pas » ; le sens n'est point douteux : il
s'agit de donner à manger aux chiens qui, préposés à la
garde, n'ont pas le loisir de chercher leur nourriture. Les
manuscrits différents du Vendidad donnent tantôt *khsûiçća*,
tantôt *khsuiçća*, tantôt *khsvaçća*, tantôt une autre lec-
ture ; il est difficile de se prononcer à ce sujet. Il est
difficile également de déterminer la sorte de mets que
désigne ce mot ; on a voulu, mais sans vraisemblance,
y voir le « lait ». La tradition semble le traduire
par pain, une soupe au pain. Nous restons dans le
doute. Quant à *gèus qaretha*, son sens est bien celui de
« viande ».

*dâtare yaṭ ahmi nmânê yaṭ mâzdayaçnôis çpâ avaćū
vâ bavaṭ adhâityô khratus | kutha tê verezyān aêtê yó
mazdayaçna.*

.. « O créateur ! lorsque dans cette maison mazdéenne un
chien est sans voix ou d'un intellect non légitime », c'est-
à-dire lorsqu'il y a dans une maison mazdéenne un chien
sans voix ou d'un mauvais caractère. Nous verrons un peu
plus loin deux termes opposés à *adhâityô khratus*. La
forme *mâzdayaçnôis* n'est point grammaticale et devrait
être corrigée. « Que doivent faire les Mazdéens » ?

*âaṭ mraoṭ ahurô mazdū ava hê barayen tâstem dâuru
upà tām manaothrîm | çtamanem hê adhâṭ nyâzayen açti.*

*maçô khraoždvahê bis aêtavahê varedvahê | aêtahmâiçiṭ
nidarezayen | phrâ himćit nidarezayen.*

Nous avons longuement étudié la première phrase de la
réponse d'Ahura Mazdâ, et nous avons fini par reconnaître
qu'elle était incompréhensible. D'après M. Spiegel, il s'agirait de mettre à la tête du chien un morceau de bois taillé
et de lui lier la gueule; en somme, il serait simplement
question d'une muselière. M. de Harlez traduit ainsi :
« Qu'on attache un morceau de bois taillé à son collier,
qu'on y assujettisse sa bouche; qu'on lie le bois des deux
côtés et qu'on l'attache lui-même... ». Tout cela demanderait à être expliqué mot à mot. D'abord, faut-il lire *upa
tām* ou *upatām?* Nous l'ignorons. Ensuite, qu'est-ce ici
que ce mot *manaothrím* ou *manothrím?* Nous ne le savons
pas au juste. « Qu'ils lui fixent la gueule », *çtamanem nyâ-
zayen,* se comprend fort bien, et il est supposable que les
six mots qui suivent désignent la grandeur que doit avoir
la partie principale de la muselière, mais tout cela est fort
obscur, et la version huzvârêche ne nous est d'aucun secours en ce passage. Le texte lui-même varie un peu dans
les différents manuscrits : tantôt il porte *açti maçô* « de la
grandeur d'un os », tantôt *ista maçô.* Seuls les derniers mots
du texte sont clairs : « Qu'on l'attache ». Ainsi on muselle-
rait, puis on attacherait ce chien d'un caractère méchant.

*yêzi nôiṭ çpâ avaćām vâ adhâityô khratus paçus vâ narem
vâ raêṣyâṭ | para hê iriṣentô raêṣem ćikayaṭ baodhô vars-
tahê ćikaya.*

« Ne [fait-on] pas [ainsi], si le chien sans voix ou d'un
mauvais caractère blesse une bête ou un homme, que [le
maître du chien] paie le mal du blessé par la peine du
baodhóvarsta ».

paoirîm paçûm avaghnâṭ paoirîm narem raêsyâṭ daṣinem
hê gaoṣem upa thwereçayen | bitîm paçum avaghnâṭ bitîm
narem raêsyâṭ hôim hê gaoṣem upa thwereçayen | thritîm...
daṣinem hê paidhyām upa kerentayen | tûirîm..... hôyām
hê paidhyām upa kerentayen | puthdhem..... dumemćiṭ hê
upa thwereçayen.

« Au premier animal qu'il mord, au premier homme
qu'il blesse, qu'on lui coupe l'oreille droite ; au second,
l'oreille gauche ; au troisième, la patte droite ; au quatrième, la patte gauche ; au cinquième, la queue. » Le sens
du premier verbe est évidemment celui de « mordre », non
de « tuer » ; pour le châtier ainsi, on n'attend évidemment
pas que le chien ait tué un animal domestique.

Après quoi Ahura Mazdà recommande comme ci-dessus
d'attacher ce chien méchant. Si on ne l'attache, ajoute-t-il
encore, et s'il vient à blesser une bête ou un homme,
son maître doit payer cette blessure par la peine du
baodhôvarsta.

dâtare yaṭ ahmi nmânê yaṭ mázdayaçnôis çpa ahām-
baodhemnô vá bavaṭ adhâityô khratus | kutha tê verezyān
aêtê yô mazdayaçnu | âaṭ mraoṭ ahuro mazdào avatha hê
baêṣazem upôiçayen yatha kahmâićiṭ aṣaonê.

« O créateur ! si dans cette maison mazdéenne se trouve
un chien non dans son sens ou d'un mauvais caractère ;
que doivent faire les Mazdéens? Ahura Mazdâ dit alors :
« Qu'ils lui cherchent un remède de même que pour quel-
« qu'un de pur ». C'est-à-dire qu'ils cherchent à le guérir
comme ils chercheraient à guérir un homme pur.

dâtare yêzi içemnô nôiṭ vindâiti.

« O créateur ! s'il ne prend pas celui-là de bonne grâce »,
c'est-à-dire s'il se refuse à prendre ce médicament. Ici

alors se trouve répété cet obscur passage où il est vrai-
semblablement question de museler le chien et, très-cer-
tainement, de l'attacher; et Ahura Mazdâ ajoute:

*yêzi nôiṭ çpâ ahãmbaodhemnô maighê vâ ćâitê vâ vaêmê
vâ uruidhi vâ apô vâ nâvayã paidhyâiti.*

« Si [le maître] ne [se conduit] pas [ainsi et si] le chien
non dans son sens tombe dans un trou, ou dans un puits,
ou dans un piége, ou dans un cours d'eau ». Tout ce passage a été expliqué dans le morceau ci-dessus étudié du
quinziéme livre du Vendidad.

*ahmâṭ haća iriṣyâṭ | yêzi taṭ paiti iriṣyêiti | ahmâṭ
haća skyaothnâvareza atha bavaiti peṣô tanus.*

Ce passage, également, a été déjà traduit : Si le chien
se blesse, son maître est coupable.

Ahura Mazdâ fait ici à son saint un très-curieux éloge du
chien. C'est par ce morceau que nous allons terminer :

*çpânem dathem zarathustra azem yô ahurô mazdã
hvâvaçtrem qâaothrem | zaênibudhrem tiẓidâthrem | vîrô
draonaṅhem gaêthanãm harethrâi | adha azem yô ahurô
mazdã çpânem nidathem | yaṭ dim mazaos kehrpô tûrahê.*

« O Zarathustra! moi Ahura Mazdâ, j'ai créé le chien
ayant son propre vêtement, sa propre chaussure ». Les
deux formes *hvâ* et *qâ* (dont l'allongement est inorgani-
que) représentent l'une et l'autre un « sva » plus ancien;
ce sont des doublets. Le sens de ces mots : « ayant son
propre vêtement, sa propre chaussure », doit être pris
sans nul doute au pied de la lettre; nous trouvons, en
effet, au quatorzième chapitre du Bundehèche, abrégé
de la cosmogonie et de la cosmographie des Parsis, cette
phrase explicative : « Le chien est [par excellence] la bête
domestique, car il a trois propriétés que l'homme ne pos-

sède point : il a sa propre chaussure, son propre vêtement... ». Le texte poursuit : « vigilant, armé de dents
acérées, recevant de l'homme sa nourriture pour la garde
des parcs de bétail ». M. Spiegel traduit *zaênibudhrem* par
« mit scharfem geruch », et *vîrô draonañhem* par « an-
hænglich an den menschen », mais en ces deux passages,
il s'éloigne à tort, selon nous, de la tradition. M. de Harlez
la suit, au contraire, lorsqu'il dit : « Veilleur actif aux
dents aiguës, recevant son pain de l'homme pour la garde
des troupeaux. » Il est vrai que dans son commentaire, le
traducteur allemand semble préférer maintenant pour le
premier mot la version « mit grosser wachsamkeit ». La
tradition ne dit pas autre chose, et la double racine du
mot s'accorde parfaitement avec elle. Le dieu ajoute :
« Puis, moi, Ahura Mazdâ, j'ai créé le chien qui... ». Le
reste du verset est tout à fait obscur; on voit bien que le
chien doit y être considéré comme un auxiliaire dans la
lutte contre l'ennemi, *tûra-*, mais l'explication littérale est
des plus difficiles, et là tradition n'y apporte malheureusement aucun secours.

*yêzi açti aṣa khrathwa yêzi açti gaêthâbyô | yaçça hê çpi-
tama zarathustra vâćim paiti zaênis añhaṭ | nôiṭ hê tâ vîçô
tâyus vâ vehrkô vâ apaitibusti haća vîžibyô para baraiti |
jā thwa vehrka çćā thwa vehrka pôithwa vehrka çnaêzana.*

« Lorsqu'il est d'un intellect pur », c'est-à-dire lorsqu'il
est maître de ses facultés, intelligent. Quelle que soit la
forme des mots *aṣa khrathwa*, leur sens ici est parfaitement clair; on les a opposés avec juste raison aux mots
adhâityô khratus que nous avons rencontrés ci-dessus. Les
derniers mots du premier verset signifient évidemment :
« lorsqu'il veille sur les parcs de bétail ».

« Et lorsqu'il est habile à donner de la voix, ô saint Zarathustra! » Tout à l'heure, dans le composé *zaênibudhra-*, nous avons trouvé l'adjectif *zaêni-*; son sens propre est celui de « vivace ».

Alors, ajoute Ahura Mazdâ, « ni le voleur, ni le loup n'emporte[nt rien] des demeures sans qu'il y ait avertissement ». Ici encore nous nous trouvons en présence du mot *apaitibusti* dont nous avons parlé ci-dessus.

Le verset suivant est bien difficile à comprendre. Faut-il le traduire ainsi : « Le loup meurtrier, le loup déchirant, etc... », ou bien : « Le loup qu'il faut tuer, qu'il faut anéantir, qu'il faut chasser »? La tradition ne nous aide point, et la forme des mots est ici aussi difficile à interpréter que leur sens même. C'est là encore un verset qui réclame une étude plus particulière, et nous devons le négliger dans notre traduction, plutôt que de lui donner un sens absolument dénué de certitude.

dâtare katârô zî ayᾱ vehrkayᾱ jāthwôtarô aṅhen aṣâum ahura mazda yatha çpâ vehrkahê kerenaoiti yatha yaṭ vehrkô çpâ | âaṭ mraoṭ ahurô mazdᾱ aêṣô zî aêtayᾱ vehrkayᾱ jāthwôtarô aṅhaṭ aṣâum zarathustra yatha çpâ vehrkahê kerenaoiti yatha yaṭ vehrkô çpâ.

« O créateur! lequel de ces deux [genres de] loups est le plus meurtrier, ô pur Ahura Mazdâ! » Le reste du verset est bien difficile; il est vraisemblable que Zarathustra demande si le produit d'un chien et d'une louve est plus redoutable que celui d'un loup avec une chienne; mais comment construire la phrase? Pourquoi le verbe *kerenaoiti* dont le sens propre est : « il fait »? Pourquoi le génitif *vehrkahê*? Pourquoi les deux nominatifs *vehrkô çpâ*? Nous ne trouvons malheureusement que cette seule leçon

dans les différents manuscrits du Vendidad. Le dieu répond à Zarathustra que de ces deux métis le plus redoutable est celui qui est né d'un chien et d'une louve. Une
autre version suppose qu'il est question ici de savoir si un
loup a plus de force qu'un chien qui l'attaque, ou bien si
un chien en a plus qu'un loup. Malheureusement encore
la traduction huzvârèche n'est pas ici d'une grande clarté.
En tous cas, les versets suivants semblent justifier le premier sens : il y serait parlé de ces métis du chien et du
loup dangereux pour le bétail.

*us táćiṭ çpâna paṭenti paçus haurvămća vis haurvămća
vôhunazgămća drakhtô hunaranămća | yatha ghnyô
gaêthâbyô | taêćiṭ yã bavainti | aoṣôtaraçća duẑitôtaraçća
gaêthôjataraçća yatha anya çpâ.*

« Les chiens [de la sorte de ceux qui sont] gardiens du
bétail, gardiens du logis, préposés à la garde personnelle,
dressés, s'élancent quand [vient], meurtrier pour les parcs
de bétail, ce [métis de chien et de loup], plus meurtrier,
plus mauvais, plus destructeur de parcs de bétail que
[tout] autre chien ».

Dans ce passage assez difficile au premier abord, deux
mots sont supprimés dans le second verset : « Le loup
vient », ou pour mieux dire, ce chien-loup dont il a été
parlé ci-dessus et qui est plus destructeur, plus redoutable
que tout autre chien. Mais comment traduire le troisième
verset, *taêćiṭ yã bavainti?* La tradition traduit le second
mot par « année », mais elle est fort obscure; en tous
cas, la phrase n'est qu'incidente, et nous pouvons la négliger tout en la signalant.

Les trois versets suivants complètent les précédents : il
vient d'être parlé du chien-loup, plus terrible que tout

autre chien ; il va être parlé maintenant du loup-chien,
plus terrible que tout autre loup :

*us tâćiṭ vehrka patenti glmyô gaêthâbyô | taêćiṭ yā̊
bavainti | aoṣôtaraçćà.... yatha anya vehrka.*

« Les loups accourent pour porter la mort dans les
parcs de bétail...., plus meurtriers, plus mauvais, plus
destructeurs de parc de bétail que [tout] autre loup ». Par
vehrka le texte entend les loups issus du rapprochement
d'un loup et d'une chienne. Le troisième verset offre ses
différents comparatifs au singulier ; il les faudrait au pluriel
pour concorder avec le pluriel *us.. çpâna patenti;* il y a
ici une concordance peu justifiée avec la fin du passage
précédent. En tous cas, notons que ce passage se rapporte
comme le précédent à la phrase : « Les chiens s'élancent... » ; les gardiens du bétail s'élancent sur le loup-
chien, comme ils se sont élancés sur le chien-loup.

Tout ce morceau des chiens-loups, du cent quinzième
au cent vingt-troisième verset, semble intercalé maladroi-
tement dans l'éloge du chien qu'Ahura Mazdà avait entre-
pris au verset cent sixième : « C'est moi, ô pur Zarathustra !
qui créai le chien... », et qu'il reprend maintenant :

çûnahê aêvahê astâbiphrem.

« Le chien a huit caractères », mot à mot : du chien
huit caractères. Nous retrouvons ici le génitif *çûnahê,* que
nous avons déjà vu plus haut et qui est le substantif irré-
gulier du véritable génitif *çûnô* pour « kvanas. » La version huzvârèche explique *biphra-* par « caractère » ; le
contexte dit assez que cette explication est exacte, mais
l'analyse lexique du mot lui-même est fort difficile. Ahura
Mazdâ va passer en revue ces huit caractères :

açti ṣê aêm yatha athaurunê açti ṣê aêm yatha rathaêç-

*târahê açti şê aêm yatha vâçtryêhê phşuyantô açti şe aêm
yatha vaêçâus açti şê aêm yatha tâyaos açti şê aêm yatha
diçaos açti şê aêm yatha jahikayā̊ açti şê aêm yatha ape-
renâyûkayê.*

« Il est comme un prêtre, comme un guerrier, comme
un agriculteur laborieux, comme un domestique (?), comme
un voleur, comme un animal de proie, comme une courtisane, comme un enfant. » La construction des mots *açti
şê aêm* n'est pas aussi facile que l'on pourrait le croire au
premier abord : *aêm* se rapporte-t-il à *çûnahê?* Doit-on
préférer la version *haêm?* Doit-on adopter encore quelque
autre variante ? Nous l'ignorons tout à fait, mais en tout
cas le sens est clair. Les deux mots *vâçtryô phşuyāç*, à
l'accusatif *vâçtrîm phşuyantem,* se présentent ordinairement
ensemble : nous les avons rendus par « agriculteur laborieux »; peut-être le seul terme d' « agriculteur » est-il
suffisant. Il y a un certain doute sur le vrai sens de *vaêçu- :*
le contexte et la forme du mot autorisent sans doute la
traduction de « domestique, serviteur », mais ceci n'est
qu'une conjecture qui pourra bien être renversée. Nous
l'accompagnons donc d'un point d'interrogation.

*paiti qaretha qaraiti yatha âthrava | hukhşnaothrô yatha
âthrava | hvâzârô yatha âthrava | aêşô kaçu draonô yatha
âthrava | aêtê şê aêm yatha athaurunê.*

« Il se nourrit comme un prêtre ». Au propre *atharvan-,*
au nominatif *âthrava,* veut dire prêtre du feu ; ce n'est
que d'une façon générale qu'il veut dire simplement
« prêtre ». Le sens de ce premier verset est très-obscur.
Le prêtre baktrien vivait-il, comme le chien, de ce qu'il
trouvait, de ce qu'on lui donnait ? La tradition n'éclaircit
point ce passage. Verset cent vingt-septième : « Il est

content comme un prêtre » ; cette traduction n'est peut-être pas définitive, mais on n'en a pas encore proposé de plus satisfaisante. « Il est patient (?) comme un prêtre ; il lui suffit d'une faible nourriture, comme à un prêtre. Tel est son caractère de prêtre. »

yatô paourvaêibya yatha rathaêstꝣ̄ | aipi jatô gām hu-dhꝣ̄ṅhem yatha rathaêstꝥ̄ | parô paçċa nmânahê yatha ra-thaêstꝣ̄ | aêtê ṣê aêm yatha rathaêstꝣ̄.

« Il va en avant comme un guerrier ». Le sens de la phrase semble assuré, mais la forme des deux premiers mots s'explique difficilement, bien que leur racine soit connue. Dans le verset suivant, nouvelle difficulté ; mais celle-ci est relative au sens même de la phrase. Qu'est-ce d'abord que le mot *gâus hudhꝣ̄* ? On a beaucoup écrit à son sujet : on l'a souvent traduit, dans les versions allemandes, par « die wohlgeschaffene kuh » (1) ; certains auteurs y voient « le beurre de l'offrande, » et répugnent, en tous cas, à donner à *hudhꝣ̄* un sens passif (2). M. Spiegel hésite entre les deux sens : « gut geschaffenes oder gut gebendes rind » (3). En somme, l'ignorance où nous nous trouvons de la véritable et certaine valeur de ces deux mots nous contraint à négliger ici le verset où ils se rencontrent, ainsi que nous l'avons fait jusqu'ici des versets par trop obscurs. La tradition semble comprendre que le chien est représenté dans ce passage comme défendant les bestiaux, ainsi que le ferait un guerrier ; mais cette explication n'est pas suffisamment autorisée. Le verset suivant est plus clair :

(1) Justi, *Abfertigung des D*r* M. Haug*, p. 10.
(2) Haug, *Ueber den gegenwœrtigen stand der zendphilologie*, p. 14. Hübschmann, *Ein zoroastrisches lied*, p. 51.
(3) *Commentar*, II, p. 73.

« [Il va] devant et derrière le logis comme un guerrier ».
Et le texte ajoute enfin : « Tel est son caractère de guerrier », c'est-à-dire : c'est en cela qu'il ressemble à un
guerrier.

*zaênaṅha evíçpô qaphna yatha vâçtryô phṣuyāç | parô
paçça nmânahê yatha vâçtryô phṣuyāç | paçça parô nmânahê
yatha vâçtryô phṣuyāç | aêtê ṣê aêm yatha vâçtryô phṣuyāç.*

Le sens du premier verset est très-facile à comprendre :
le texte dit que le chien, comme le laboureur, est vigilant,
zaênaṅha, et que son sommeil, *qaphna,* n'est pas entier,
evíçpô. Mais quelle est la forme de ces trois mots ? Faut-il
penser que ces deux derniers sont au nominatif et le premier à l'instrumental ? La traduction littérale serait alors
celle-ci : « Par la vigilance non entier sommeil ». Cela est
vraisemblable. Le reste est fort simple : « [Il va] devant et
derrière la maison comme l'agriculteur ; [il va] derrière
et devant la maison comme l'agriculteur. Tel est son caractère d'agriculteur ».

*qandrakarô yatha vaêçô | açnê raêṣô yatha vaêçô | zai-
rimyaphçma thryaphçma yatha vaêçô | aêtê ṣê aêm yatha
vaêçâus.*

Dans tout ce passage, c'est une forme *vaêçus* que l'on
attendrait et non pas *vaêçô.* Quant au sens même de ce
mot, nous avons dit un peu plus haut qu'il n'était
pas fixé ; la traduction « domestique, serviteur, » que nous
avons adoptée jusqu'à plus ample information, est toute
conjecturale. Le mot *qandrakara-* veut probablement dire
« amical », mais ceci encore n'est pas parfaitement certain.
Dans le verset suivant nous trouvons une expression bien
difficile à expliquer : *açnê raêṣô.* Évidemment le premier de
ces deux mots veut dire « dans le voisinage », c'est le lo-

catif de *açana-*, et le second éveille l'idée de blessure, et donne à entendre « blessé » ou « blessant ». Mais quel sens cela donne-t-il à tout le passage? M. de Harlez, dont la version est parfois bien audacieuse, dit ici : « Il est maltraité par ce qui l'entoure comme un esclave. » Cette traduction, sans doute, a un sens raisonnable; mais avant tout il faudrait la justifier, et son auteur l'a négligé. Le troisième verset du fragment nous semble intraduisible, ou à peu près. Nous admettons que *aphçman-* veuille dire « mesure », mais les deux composés n'offrent guère un sens raisonnable. Consultez sur ce passage le lexique de M. Justi au mot *zairimyaphçman-;* pour M. de Harlez, le texte veut dire que tout est maigrement mesuré au chien « comme à un esclave ». Ceci encore demanderait à être justifié.

tāthrö ćinô yatha tâyus | khṣapâyaonô yatha tâyus | apiṣma qarô yatha tâyus | aṭhaća duźnidhâtô yatha tâyus | aètô ṣê aêm yatha tâyaos.

« Il désire l'obscurité comme le voleur ; il... la nuit comme le voleur; il mange... comme le voleur; puis il... comme le voleur. Tel est son caractère de voleur. » Nous trouvons ici trois difficultés. La première est peu considérable : elle porte sur le sens du second composant de *khṣapâyaonô;* que ce dernier terme soit compris ou non, qu'on le traduise par « il va », ou par « il aime, il recherche », ou par « il se trouve bien dans », ou par quelque autre expression, la phrase se comprend toujours. Quant à *apiṣma qarô,* les conjectures sont moins commodes. Comprendre par là que le chien mange, comme un voleur, ce qui n'a pas été préparé pour lui, cela est sans doute ingénieux, mais il s'agirait de le justifier. Peut-on supposer

qu'il s'agit plutôt de ce que le chien avale rapidement, sans
le mâcher, ce qu'il dérobe? Cela est possible, mais nous
nous hâtons d'ajouter que cela encore n'est point démontré.
Grave difficulté en ce qui concerne *duźnidhâtô*. Comment
le mot doit-il être analysé? Quel sens raisonnable peut-il
avoir en tout état de cause? La tradition ne prête ici aucun
secours. On suppose qu'il s'agirait de dire que le chien est
un dépositaire infidèle, qu'il mange ce qu'on lui confie.
Cela est possible ; mais comment pourrait-on le prouver
clairement?

*tāthrô ćinô yatha diçus | khṣapâyaonô yatha diçus |
apiṣma qarô yatha diçus | athaćia duźnidhâtô yatha diçus |
aêtê ṣê aêm yathu diçaos.*

Ce verset, on le voit, est la répétition du précédent, avec
cette différence que ce qui se disait tout à l'heure du voleur,
táyus, se dit maintenant de l'animal de proie, *diçus.* Disons
toutefois que ce sens d'animal de proie, animal carnassier,
n'est pas parfaitement établi ; il n'est que probable.

*qandrakarô yatha jahika | açnê raêṣô yatha jahika |
airitô pantânem yatha jahika | zairimyaphçma thrÿaphçma
yatha jahika | aêtê ṣê aêm yatha jahikayā̃.*

« Il est amical comme une courtisane ». Ce premier
verset n'offre point de difficulté, et le sens de *jahika* est parfaitement établi. Quant au second et au quatrième versets,
nous renvoyons à ce que nous avons dit ci-dessus, alors
qu'ils se sont déjà présentés ; ils sont tout à fait obscurs.
Le troisième n'est pas non plus très-facile à expliquer.
Pour M. Spiegel, le texte dirait ici qu'on trouve toujours le
chien sur son passage, comme une courtisane. Toute la
difficulté est dans le mot *airitô,* dont on ne peut comprendre
le sens.

*qaphnô yatha aperenâyus | çnaêžanô yatha aperenâyus |
hizu drâjô yatha aperenâyus | pairi takhtô paourvaêibya
yatha aperenâyus | aêtê çê aêm yatha aperenâyûkahê.*

Dans ce morceau, enfin, nous rencontrons moins de difficultés : « Il est dormeur comme l'enfant; il est caressant
comme l'enfant ; il a une langue longue comme l'enfant...
Tel est son caractère d'enfant ». Il se peut que le troisième
verset doive être pris au figuré; mais nous n'en avons pas
une preuve formelle, et en tous cas notre traduction se
prête aisément aux deux acceptions. Nous laissons en blanc
le quatrième verset. Pour certains auteurs, il voudrait dire
que le chien ressemble à l'enfant qui marche à l'aide
de ses deux membres antérieurs, c'est-à-dire à quatre
pattes; mais ceci aurait besoin d'être justifié par de bonnes
preuves. M. Spiegel traduit ainsi : « Il court en avant. »
Cette version peut être bonne, elle peut répondre à la tradition ; mais comment démontrer qu'elle est vraiment
exacte ?

Ici se terminent les passages que nous avions l'intention
de traduire. Malgré le secours de la version huzvârèche et
des gloses qui l'accompagnent souvent, malgré l'aide considérable que l'on trouve dans la traduction de M. Spiegel
et dans les commentaires auxquels ont donné lieu de la part
de divers auteurs bien des phrases, bien des mots de ces
fragments, nous avons vu que leur difficulté était encore
grande. L'Avesta, pensons-nous, demande à être traduit de
telle façon que l'on ait toujours sous les yeux, non seulement
le contexte de la phrase sur laquelle on s'exerce particu-
lièrement, mais encore celui du livre tout entier. S'il faut
redouter avec juste raison de se laisser aller à offrir comme
traduction un véritable commentaire où l'imagination peut

4.

avoir une trop grande part, il faut se garder également de traduire le mot zend à l'aide de la grammaire seule et de la comparaison étymologique avec les autres idiomes indo-européens, notamment avec le sanskrit. C'est de l'ensemble même des anciens écrits zoroastriques qu'il faut attendre les meilleures et les plus sûres explications de tels pas-pages qui, pris isolément, paraissent d'une difficulté in-vincible.

Voici, quoi qu'il en soit, la traduction des différents versets du livre treizième du Vendidad, dont nous nous sommes occupé dans la dernière partie de ce travail :

« L'âme de celui qui tue un chien gardien du bétail, un chien gardien du logis, un chien préposé à la défense de son maître, un chien dressé, s'en va de ce monde dans l'autre toute pleine d'angoisse, toute pleine de crainte, comme un loup dans une antique et profonde forêt.....

« Celui qui blesse un chien gardien du bétail, qui lui coupe une oreille ou une patte, s'il survient dans le pa-cage un voleur ou un loup qui y dérobent, sans que le chien soit désormais capable d'avertir, celui-là doit alors payer la valeur perdue (?) ; il doit payer la blessure du chien par la peine du *baodhôvarsta*. Celui qui blesse un chien gardien du logis, qui lui coupe une oreille ou une patte, s'il survient dans le logis un voleur ou un loup qui y dérobent sans que le chien soit désormais capable d'avertir, celui-là doit alors payer la valeur perdue (?) ; il doit payer la blessure du chien par la peine du *baodhôvarsta*.

« O créateur ! quel est le châtiment de celui qui porte un coup mortel à un chien gardien du bétail ? Ahura Mazdâ répondit : Il doit donner [aux animaux nuisibles désignés par la loi] huit cents coups de l'aiguillon avec lequel on

mène le cheval, huit cents de celui avec lequel on mène
le bétail. O créateur! quel est le châtiment de celui qui
porte un coup mortel à un chien gardien du logis? Ahura
Mazdâ répondit : Il doit donner sept cents coups, etc.
O créateur! quel est le châtiment de celui qui porte un
coup mortel à un chien de garde personnelle? Ahura Mazdâ
répondit : Il doit donner six cents coups, etc. O créateur!
quel est le châtiment de celui qui porte un coup mortel
à un jeune chien? Ahura Mazdâ répondit : Il doit donner
cinq cents coups, etc.

. . . .

« O créateur! où est placé un chien gardien du bétail?
Ahura Mazdâ répondit : A une distance d'un *yujyêçti* du
pacage, pour marcher au voleur et au loup. O créateur!
où est placé un chien gardien du logis? Ahura Mazdâ répondit : A une distance d'un *hâthra* du logis, pour marcher au voleur et au loup. O créateur! où est placé un
chien de garde personnelle? Ahura Mazdâ répondit [près
de] celui qui ne demande pas un chien dressé, [mais] qui
demande un chien destiné à le protéger.

« O créateur! quel acte coupable commet celui qui
donne une mauvaise nourriture à un chien gardien du bétail? Ahura Mazdâ répondit : Il commet ce même acte
coupable que s'il donnait, en ce monde corporel, une
nourriture mauvaise au chef d'une maison de qualité. O
créateur! quel acte coupable commet celui qui donne une
mauvaise nourriture à un chien gardien du logis? Ahura
Mazdâ répondit : Il commet ce même acte coupable que
s'il donnait, en ce monde corporel, une mauvaise nourriture au chef d'une maison de second rang. O créateur!
quel acte coupable commet celui qui donne une mauvaise

nourriture à un chien préposé à la garde personnelle ?
Ahura Mazdâ répondit : Il commet ce même acte coupable
que s'il donnait une mauvaise nourriture à un homme pur
revêtu des caractères d'un prêtre venant dans sa maison.
O créateur ! quel acte coupable commet celui qui donne
une mauvaise nourriture à un jeune chien ? Ahura Mazdâ
répondit... (1).

« O créateur ! quel est le châtiment de celui qui donne
une mauvaise nourriture à un chien gardien du bétail ?
Ahura Mazdâ répondit : Qu'il donne deux cents coups de
l'aiguillon [avec lequel on mène le] cheval, deux cents
coups de l'aiguillon [avec lequel on mène le] bétail. O
créateur ! quel est le châtiment de celui qui donne une
mauvaise nourriture à un chien gardien du logis ? Ahura
Mazdâ répondit : Qu'il donne quatre-vingt-dix coups, etc.
O créateur ! Quel est le châtiment de celui qui donne une
nourriture mauvaise à un chien préposé à la garde personnelle ? Ahura Mazdâ répondit : Qu'il donne soixante-dix
coups, etc. O créateur ! quel est le châtiment de celui qui
donne une nourriture mauvaise à un jeune chien ? Ahura
Mazdâ répondit : Qu'il donne cinquante coups, etc.

« Dans ce monde corporel, ô saint Zarathustra ! le chien
est, parmi les créatures du saint esprit, celle qui vieillit
le plus vite : ceux qui demeurent sans nourriture près des
gens qui se nourrissent.

« Devant les [chiens] qui veillent sans [s'occuper de]
trouver [leur nourriture], qu'on apporte de la soupe à la
farine (?), de la graisse, de la viande ; [telle est] la nourriture qu'il convient [de donner] au chien.

(1) La réponse est des plus obscures ; voyez ci-dessus.

« O créateur ! lorsque dans une maison mazdéenne se trouve un chien qui ne donne pas de voix ou qui est d'un mauvais caractère, que doivent faire les Mazdéens ? »

(Ici se trouvent quelques versets très-obscurs. Nous avons dit plus haut ce que nous pensions des tentatives d'explication auxquelles ils ont donné lieu, mais nous n'osons proposer aucune traduction. Il s'agit de certaines recommandations dont la dernière seule est assez claire : « Qu'on l'attache ! ». Ahura Mazdâ ajoute ensuite :)

« Si l'on n'agit pas de la sorte [et] si le chien sans voix ou d'un mauvais caractère vient à blesser une bête ou un homme, [son maître] doit expier le mal du blessé par la peine du *baodhôvarsta*.

« Au premier animal qu'il mord, au premier homme qu'il blesse, qu'on lui coupe (1) l'oreille droite; au second animal qu'il mort, au second homme qu'il blesse, qu'on lui coupe l'oreille gauche ; au troisième animal qu'il mord, au troisième homme qu'il blesse, qu'on lui coupe la patte droite ; au quatrième animal qu'il mord, au quatrième homme qu'il blesse, qu'on lui coupe la patte gauche ; au cinquième animal qu'il mord, au cinquième homme qu'il blesse, qu'on lui coupe la queue ».

(Ahura Mazdâ recommande à nouveau de l'attacher et reprend comme ci-dessus :)

« Si l'on n'agit pas de la sorte [et] si le chien sans voix ou d'un mauvais caractère vient à blesser un animal ou un homme, [son maître] doit expier le mal du blessé par la peine du *baodhôvarsta*.

« O créateur ! si dans une maison mazdéenne se trouve

____

(1) Au chien, bien entendu.

un chien inintelligent ou d'un mauvais· caractère, que doivent faire les Mazdéens? — Abura Mazdâ répondit : Qu'ils lui cherchent un remède comme [ils en chercheraient] pour un [homme] pur. — O créateur ! s'il ne veut pas le prendre ? — Si [le maître] n'[agit] pas [ainsi et si] le chien inintelligent tombe dans un trou, ou dans un puits, ou dans un piége, ou dans un cours d'eau et qu'il se blesse, [le maître] devient coupable et *peśótanus*.

« O Zaratusthra ! moi Ahura Mazdâ, je créai le chien qui est ·pourvu de son propre vêtement, de sa propre chaussure, vigilant, armé de dents acérées et qui reçoit de l'homme sa nourriture pour garder les parcs de bétail. Lorsqu'il est maître de ses facultés, lorsqu'il veille sur les parcs de bétail et lorsqu'il est habile à donner de la voix, ô saint Zarathustra ! ni le voleur ni le loup n'emportent rien sans qu'il avertisse ».

(Ici se trouve un verset fort obscur où il est question du loup. Nous avons recherché plus haut comment ce verset pourrait être traduit ; ici nous le passons, faute de certitude. Zarathustra reprend :)

« O créateur ! lequel de ces deux [genres de] loups est le plus meurtrier, ô pur Ahura Mazdâ ! celui qui provient d'un chien et d'une louve ou celui qui provient d'un loup et d'une chienne ? — Ahura Mazdâ répondit : O pur Zarathustra ! De ces deux [genres de] loups, le plus meurtrier est celui qui provient d'un chien et d'une louve (1).

« Les chiens gardiens du bétail, les chiens. gardiens du logis, les chiens préposés à la garde personnelle, les chiens

___

(1) Nous avons fait remarquer plus haut, en examinant le texte lui-même, que nous rendions ici, non pas le mot à mot, mais le sens général de la phrase.

dressés s'élancent, lorsque [vient] pour porter la destruction dans les parcs de bétail ce [chien-loup], plus meurtrier, plus mauvais, plus destructeur de parcs de bétail que [tout] chien. [Ils s'élancent de même lorsqu']accourt ce loup[-chien] plus meurtrier, plus mauvais, plus destructeur de parcs de bétail que [tout] autre loup.

« Le chien a huit caractères. Celui d'un prêtre, d'un guerrier, d'un agriculteur, d'un serviteur (?), d'un voleur, d'un animal de proie, d'une courtisane, d'un enfant.

« Il se nourrit comme un prêtre (1) ; il est content comme un prêtre ; il est patient (?) comme un prêtre ; il lui suffit d'une faible nourriture comme à un prêtre ; tel est son caractère de prêtre. Il va en avant comme un guerrier.....; [il va] devant et derrière le logis comme un guerrier ; tel est son caractère de guerrier. Comme l'agriculteur, il est vigilant et n'a pas un sommeil complet ; [il va] devant et derrière le logis comme un agriculteur ; [il va] derrière et devant le logis comme un agriculteur ; tel est son caractère d'agriculteur..... Il désire l'obscurité comme un voleur ; il... la nuit comme un voleur.....; tel est son caractère de voleur. Il aime l'obscurité comme un animal de proie ; il... la nuit comme un animal de proie.....; tel est son caractère d'animal de proie. Il est amical comme une courtisane.....; tel est son caractère de courtisane. Il est dormeur comme un enfant ; il est caressant comme un enfant ; il a la langue longue comme un enfant.....; tel est son caractère d'enfant ».

La traduction de ce morceau du treizième livre du Vendidad, comme celle du morceau du quinzième livre que

(1) Voyez ci-dessus le sens que pourrait bien avoir cette phrase.

nous avons donnée ci-dessus, offre, on le voit, des la-
cunes et des vides. Le lecteur voudra bien se reporter
au commentaire même du texte, que nous avons eu soin
de toujours citer ; il y trouvera des conjectures plus ou
moins acceptables, plus ou moins heureuses, mais que
nous ne pouvions admettre dans notre essai de traduction sans craindre de la discréditer.

ORLÉANS, IMPRIMERIE DE G. JACOB, CLOÎTRE SAINT-ÉTIENNE, 4.

9 782019 126766